黑夜的尽头

朱桂平◎著

浙江工商大学出版社

图书在版编目(CIP)数据

黑夜的尽头 / 朱桂平著. —杭州：浙江工商大学出版社，2016.2

ISBN 978-7-5178-1510-5

Ⅰ. ①黑… Ⅱ. ①朱… Ⅲ. ①诗集－中国－当代 Ⅳ. ①I227

中国版本图书馆 CIP 数据核字(2016)第 010137 号

黑夜的尽头

朱桂平 著

责任编辑 沈 娴
封面设计 林朦朦
责任印制 包建辉
出版发行 浙江工商大学出版社
(杭州市教工路 198 号 邮政编码 310012)
(E-mail:zjgsupress@163.com)
(网址:http://www.zjgsupress.com)
电话:0571-88904980,88831806(传真)
排　　版 杭州朝曦图文设计有限公司
印　　刷 杭州五象印务有限公司
开　　本 880mm×1230mm 1/32
印　　张 8.375
字　　数 147 千
版 印 次 2016 年 2 月第 1 版 2016 年 2 月第 1 次印刷
书　　号 ISBN 978-7-5178-1510-5
定　　价 35.00 元

浙江工商大学出版社营销部邮购电话 0571-88904970

序

近来朱老师又作了本诗集，嘱我这后辈为他写篇序。接获“命令”，颇为诚恐，怕所作殃及梨枣。然转念一想，每个人有自己的读诗情趣，我虽谈不上内行，但至少也能从诗中读出点感受来，于是便牛犊无畏，冒昧记下一些我自己的想法。

去年十月在临安市龙岗镇浙能水电站招待所，晚饭后同几位老师踱步于外。夜色朦胧，远处的山峦黑黢黢地耸立着，在星光的辉映下，显出绵延的风姿。这种星空杭城早已消失了。抬头望着密密麻麻的星子，耳畔山虫此起彼伏地鸣叫，将人的思绪引入洪荒，恍惚间仿佛置身于凡·高的《星空》之中。朱老师站在外面的平台上，仰观宇宙，颀伟的身形在月影星辉中显现出一种诗人的儒雅，他说：“星空向我们涌来。”

确实，这种景象寻常言语如何能道得尽呢！在我看来，唯有艺术——诗歌、绘画、音乐，才能化无形于有形，容意境于笔间，创造出一个无限的艺术宇宙，供人去想象、琢磨，进而内心与外在相交融，在心灵的体验中刻下真、善、美的印记。这恐怕是一切艺术的本质，也是区分质量高低的评判标准。一首诗、一幅画、一张乐谱，都是作者充分体悟外在的世界，摹刻下自然的烙印，通过内心再加工而形成的。古人说："诗者，志之所之也，在心为志，发言为诗。"很明显，有感而发的诗歌同无病呻吟的创作相比，有霄壤之别。读完朱老师的诗作，可以体味到这份真；清新自然的文字，孕育着一颗未曾蜕化的童心，可以见到其内心的善；随着诗行的纵横，思绪的飞翔，能见其中的美。非为溢美，实乃诚心之赞叹。

朱老师的诗作是清新别致的。原以为知天命之年，应该是"穷年忧黎元，叹息肠内热"的深沉，世事能消磨尽一个人的童真，令人疲于应付现实。但读到《湖面》《残冬的柳条》及"时节的召唤"组诗之后，其中文字的跳动、情感的流露，让我想起了湖畔诗人的吟咏，兼具传统田园诗的意境与山水诗的哲理。这或许正源于作者三十多年来不断创作实践，融汇中外，最终形成了自己的风格。20 世纪 80 年代是诗歌的兴盛期，那批爱幻想、有热血的青年人如今皆已步入中年，诗歌的兴盛不再，作诗者亦寥寥，能够持之以恒，不断汲取养分创作，写出一本本诗集的人，如今也是少见。

当然，在他的诗中，也有对人生的思考以及对社会的柔情批判。如《找寻》诗中写道“茫茫人群/滚滚红尘/为了找寻一双明亮的眼睛/我走遍天涯海角”，这种“找寻”许是对人性的叩问。正如后面的诗句：“我只能看看/人群混浊的眼神/贪婪的双眸/迟疑的目光/茫然的视线/总在包围我/使我不能观察/呼吸/我不知道人是被环境/还是被自己/破坏。”这是一种彷徨，还是一种对人间“真善美”被破坏的感伤？但是，朱老师的诗总体上是积极向上的，这同他的生活态度有极大的关联。我们可以从《一窗灿烂》中找到这种乐观的原因。且允许我引用整首并不长的小诗罢：

我常转头看窗外
总有灿烂把我吸引
玉兰洁白笑着
我心头又是晴天
当我忧郁时
光亮引我向开朗
惊诧于一树阳光
一身妖娆
不因气候环境而不美丽
多看窗外
人生值得珍惜

无疑，最后一句“人生值得珍惜”是朱老师的座右铭了。透过“窗”，看见了玉兰和折射在树上的光。这些都是自然的景物。我们可以引申为打开心灵的窗口，同外界的自然产生一种互动和交流，这是一种双向的沟通，能够令人“开朗”，这种“灿烂”，何尝不是自己内心的灿烂呢！

在整本诗集中，最引人注目的恐怕就是“时节的召唤”组诗了。该诗占了全书近一半篇幅，由一百三十多首小诗组成。正如朱老师自己在本书后记中提及的，这首组诗“历经三季”，包含了诗人在冬、春、夏的观察感想，皆是“真情写照”，也是诗人自身的人生感悟。前段提到的“自然”，在这首组诗中能够完美体现。可以说，这是其对自然的一种真心歌颂，能够从中看出呕出血来的痴狂。在冬天，“不要折断冬天的枯枝/因为她正孕育春天的萌芽”，这种清灵，许是少女之心才能写出吧。第十三首为“熟悉的旋律/撞开了我的心房/三十年的岁月瞬间消失/满眼青春/一腔冲动”。我知道这是一种诗人的真情，很难想象，知天命之年还能写出这种散发出青春律动的诗来。可见岁月不能消磨掉一个人的纯真，反而让人通过一双自由的眼睛去“找寻”这内心的悸动。这首组诗容纳天地万物的精灵，散发出灵动的气息，限于篇幅，不再一一引述。读者只要细心阅读、品味，便能感受到那种扑面而来的大自然气息，他真是把自然搬进了书里！

读完诗集的初稿，我明白，红尘是消磨不了朱老师的童心的。正如浪淘尽沙便是金，遗留下来的必是精华。多年来的思考与实践，使诗作的质量得到了保证。从某种程度而言，这种情趣甚至超过了多数中文系的教师。可见，术业有专攻未必是纯粹的真理。

黑夜的尽头是光明，世间不变唯真情。我从朱老师的诗中读出的便是这股欣欣向荣的生命力，源于对自然的敬重以及对人生的热爱。不得不佩服这位年过半百的朱夫子，将这般纯真的诗歌献给这个世界，让我们能够有机会读到其中的真诚。"蓓蕾已放星光/寒星在雨中闪烁/在严冬中走出/不惧怕冷酷的风"，此"亦余心之所善兮，虽九死其犹未悔"。

是为序。

雷　军

乙未年　冬日

目　录

辑一
灿烂的瀑布

辑二 千年的长叹

辑三

生命的火种

130　二二

131　二三

132　二四

133　二五

134　二六

135　二七

136　二八

137　二九

138　三〇

139　三一

140　三二

141　三三

142　三四

143　三五

144　三六

145　三七

146　三八

147　三九

148　四〇

149　四一

150　四二

172 六四

173 六五

174 六六

175 六七

176 六八

177 六九

178 七〇

179 七一

180 七二

181 七三

182 七四

183 七五

184 七六

185 七七

186 七八

187 七九

188 八〇

189 八一

190 八二

191 八三

192 八四

193 八五

194 八六

195 八七

196 八八

197 八九

198 九〇

199 九一

200 九二

201 九三

202 九四

203 九五

204 九六

205 九七

206 九八

207 九九

208 一〇〇

209 一〇一

210 一〇二

211 一〇三

212 一〇四

213 一〇五

214 一〇六

215 一〇七

216 一〇八

217 一〇九

218 一一〇

219 一一一

220 一一二

221 一一三

222 一一四

223 一一五

224 一一六

225 一一七

226 一一八

227 一一九

228 一二〇

229 一二一

230 一二二

231 一二三

232 一二四

233 一二五

234 一二六

辑一　灿烂的瀑布

青山向我涌来

无尽的绿拍打我的眼帘

阳光飘下灿烂的瀑布

让我的心沉迷

小雨中的蝴蝶

你轻灵地起舞
把雨挡在了身外
即使打湿了你翅膀
你还像花朵样绽放
追逐着翠微
追逐着花红
我的心随着你飞翔
有点风雨
使我更加快乐

2003.09

立　　春

我看见绿芽在阳光里闪烁
含苞的光彩耀亮了我的心
那是春天的呼吸吗
站立在春的门口
我还犹豫什么

你就要呼啦啦笑出来了
寒冷何时能阻挡你的蓬勃
你用热情点燃我阴冷的视野
我的脸上也荡漾春的希冀

你带着季节的温暖
把春天引入我的胸襟
感谢严寒的抚摸啊
我感受到你紧促的脚步

2007.02.04

晨　风

又是新鲜的日子

太阳依旧吐露她的柔和

行人匆匆行走

为生计而奔波

我走在拥挤的路上

风吹来寒冷的气息

民工推动小板车

为路人做地基

也为家人做外衣

他们只埋头推自己的车轮

晨风、阳光给了他们动力

2009.01

悬崖上的花

我是一株小白花
在春天里绽放
我整天与悬崖相伴
坚定地吐着芬芳
我看惯了云起霞飞
听惯了松涛鸟鸣
在石缝里扎根
也不怕月黑风高
甚至霜欺雨打
我保持我的洁白无瑕
我和春天一道成长
我身在悬崖
没有心怀天下
我只是一株小白花

2009.04

春游娘娘山

我想将我的心沉浸在这里

忘掉尘世的喧嚣

那湖水轻荡

洗涤我浑身的肮脏

洁白、香艳的阳光将我吞没

不断的花径让我忘返

律动的春笋响起向上的歌谣

2009.04

九寨沟偶感

我投入翡翠的海洋
把自己净化
然后自由呼吸
像鱼儿唱起无声的歌
吹着清凉的波纹
青山向我涌来
无尽的绿拍打我的眼帘
阳光飘下灿烂的瀑布
让我的心沉迷

珍珠碎玉啊
为何如此慷慨
洒着洁白的光彩
涌着纯粹的爱
你孕养世间的真情

你凝结天地的精华

我在青山中飞翔
绿树为我提供营养
我在碧波里游荡
白云也为我歌唱
让青山埋葬我吧
我汲取山的精神
让碧湖吞没我吧
我畅饮水的灵气

2009.07.28

珍 珠 滩

这滩上散落的珍珠啊

耀亮了我的双眼

尘世中的乱云

在这滩里闪光

我把心沉浸在这里

将灵魂洗涤

没有更多希望

只愿抛下一切彷徨

这叮咚的音响呵

唤醒了我的童心

也奋发了我的斗志

在青山中

玉的花朵令我陶醉

在碧水里

白的狂想令我心动

没有热浪

只有冷静的思考

夺目的是精灵

大自然的杰作

哗啦啦

珍珠碰撞

是我的心啊

沉醉

2009.07

临安白水涧

流水淙淙
山林葱葱
我的心儿
随着弯弯路途歌唱
青山就像流动的瀑布
打湿了我老花的双眼

两岸群峰耸立
翠竹撩逗人的心
水波叮咚打入我的耳鼓
这晶莹的长练在青山中挥舞
不息的浪花盛开
在天地间
永不枯萎

2009.10

徽州道中

两边青山耸立

山路伸向翡翠的海洋

阳光打在山巅

发出幽幽的光

小屋近了又远

心远了又近

那白云又对我招手

我的心又在云端

停泊在古老的道上

2009.10.08

登　山

看枫叶染红我的视野
听候鸟唱响我的心声
然后融化这寒冷的天
在自然中升华
又想退入山野
厌倦世间的纷争

2009.11

行走山间

一条小径　群山中伸延
长长的飘带　点缀着鸟鸣
三月风一吹　翻着青翠
催开朵朵花的笑脸
停泊片片云的缠绵

崎岖的小道　五线谱颤动
破碎的台阶挡不住春的脚步
玉兰染白了山峦的上空
阵阵清香　纯洁我的心愿
破土的竹笋　正梦想云彩
小树杂长　乱打点风韵
野花还是一个劲地招摇
吐着芬芳　那是春的气味
竹林常常遮住我的视线

溪水叮咚　回答鸟的问讯

沿着小径　叩访山峰山谷
杜鹃不时映红我的眼帘
阳光又总是使我的目光
投向　连绵而躁动的山群

2010.03.09

春　　韵

春天的气息浓了，
杨柳露出寥落的星，
绿绿的，幽幽的。
阳光如此热烈，
一扫冬日的萎缩，
大把大把洒在人们身上。
苑内的梅花放着清香，
打入我的灵魂。
人们敞开衣服，
让春风吹入心怀，
啊！春天，
我的心弹奏着春韵。

2010.03

十里琅珰

我是一串音符
跳动在你的琴弦
生命的喜悦
溢满周围的山峦
我是一把琴弓
弹拨着你的琴弦
奔放的情思
流淌在无边的绿野
让我在你的怀抱中
做一个休止符
忘掉世间的繁杂
让心灵散步
体验生命的成长

2010.04

群　山

波浪般的群山
向我涌来
翠竹抖动节拍
弹着生长的旋律
阳光的琴弦
跳动明亮的色彩
将群山染成一片金黄
那柔和的触摸
唤醒了白云的漂泊
又不时变幻山的形状
亲吻远处的峰峦

落叶洒下青黄的雨
涂抹在山道上
把崎岖点缀成飘带

挥舞在无边的山野

映山红透着

鲜红的野蛮

在悬崖上

演绎坚定的浪漫

那百鸟竞相鸣叫

欢快回荡在春天的山林

辗转山径奋力前行

小溪滋润我的足迹

苍松为我支起

不老的寄托

在天地之间

放飞自己的心灵

2010.04

山的呼唤

山在呼唤
快迈开脚步
追赶春天的步伐
那绿色的交响
撩得人心里直痒
投入山的怀抱吧
赤裸你的灵魂
山在呼喊
快放开歌声
唱起春天的歌
那花朵的吐芳
熏得我嗅觉失灵

拥有山的胸襟吧
放飞你的梦想

用脚步敲打山阶

那奏着春的乐章

让歌喉尽情放声

山野荡着爱的回响

如云一样自由

如花一样微笑

如鸟一样鸣唱

2010.04

云和登山

古老的台阶
凝结岁月的沧桑
弯曲的小径
铭记历史的变迁
而山头的白云
牵引我向上攀登

2010.06

冬天在十里琅珰

竹林青

树木黄

枫叶红

是一条彩带

你将我箍住了

我不能呼吸

这流淌美的气息的山径

这让我不能自拔的小道

白云停泊

阳光凝固

寒流消逝

2010.12

红 风 筝

有风就飞翔

有光就闪亮

红色的风筝

在西湖上空歌唱

冬天的寒风

使她更加高昂

将火热的期盼飘荡

2011.01

午潮山脊

是彩虹架在这山脊中吗？

这鲜花铺设的小径，

变幻各种各样的排列，

在春天的山巅上飘浮。

多彩的微笑，

撞痛了我的腰；

逼人的香气，

占有了我的嗅觉。

春天的花海，

也要将我吞没。

我在山脊行走，

白云与我为伴。

2011.04

星光饮

我饮着这几束星光
感受冬日的热烈
梅花飘来沁人的芳香
使我进入沉醉的世界
风雨过后
寥落的星星格外明亮
穿过稀薄的雾霾
顽强洒出一片灿烂
来吧
与我漫步在星光之下
给你温暖的期盼

2011.12

钱塘江上波光

清晨车过大堤

宽阔的水面向我涌来

朝阳碎了

金块洒在江面上

那波光如此璀璨

直敲打我的目光

我的心醉了

是投入波涛中

还是在岸上欣赏

2012.10.22

冬天的西湖

冬天的西湖阳光格外明媚

湖波荡漾着春天的气息

绿树静静承受阳光的照耀

我的心也融入无限的喜悦

2012.12

冬天即景

站在北山路，深切凝视孤山，
一幅山水画在流动，
画如此美，远山可摘。
西泠桥卧在其中，
小树、大树点缀其间，
湖水静得很，淡绿还未泛滥。
寒风吹在脸上，
感觉有点温暖。

2012.12

辑二　千年的长叹

我想倾听你的呼吸

那跳动了千年的长叹

我想细观你的容颜

那忧郁了多个朝代的眼神

走进草堂

我想倾听你的呼吸

那跳动了千年的长叹

我想细观你的容颜

那忧郁了多个朝代的眼神

为民呼喊

为国沉吟

你的脉搏是苦难民生的心脏

青年时

你想一览众山小

想象会当凌绝顶时

也曾在艰难中露出豪迈

娇莺在浣花溪畔十分自在

更多的是

不尽长江滚滚,无边落木萧萧

在孔明祠前赞叹大气宇宙的壮观

而自己却暮投石壕村

只看到官吏捉人

一个情字贯穿你的人生

家书抵万金

怜女寄亲情

波撼岳阳的豪情

回荡在洞庭湖的上空

千年没有消退

对大地的爱

对民生的爱

大庇天下寒士何日俱欢颜

只待落花时节逢君笑

我走进杜甫草堂

看见一位老人在茅屋前苦吟

憔悴的面庞是诗行

凝固着对黑暗社会的哀思

而眼中流露的

都是光明的希望呵

青春作伴好还乡呵

一生怀才不遇

客死他乡

仍然想着天下太平

万国城头吹画角

此曲哀怨何时终

你把你的满膛热血

投入你的诗篇

而这又使你不朽

走进草堂

满地落花静静欢畅

也流出诗行

我孤身一人

寻找一个伟大的灵魂

对话

共鸣

那是跨越了多少时代心心相印呵

你颠沛流离

我孤独难行

树叶森森也改变那时的模样

西岭的雪早就化了

东吴的船也沉了

而你的精神鼓励我

沉默中有春雷孕育

苦难中有欢乐迸发

2008.07

残　荷

昏黄的夜色，
平静的湖水，
闪烁的车灯，
时鸣的汽笛，
我用老花的眼睛，
凝视荷塘，
枯老的荷盖耷拉着神经，
亭亭玉立的茎干，
也弯下了腰，
没有一丝动静。
叶子伏在水面，
路边的灯光也激不起共鸣，
远去了无穷碧，
在冬天的黄昏。

我仿佛听到鱼跃的声音，

在荷塘深处吗？

是光波还是水纹，

西泠桥如此窈窕，

是呼唤春天吧，

湖水冲破冬的封锁，

荷花也会恢复生机。

那别样红还会与

夏日争艳，

而残缺也是生长的动力。

2008.12.17

于西泠桥下孤山后麓

海

海是蓝色的吗

我只看到淡黄的水波

在海中泛起泥沙朵朵

不只是心情的无奈

在远山打出问号

寒风吹打面颊

波浪扑打海岸

我的蔚蓝的海呵

难道成了梦幻

人类夺走了蓝色的梦

让污秽泛滥

什么时候

白鸥在蓝色海面

欢叫

2010.01

残冬的柳条

像阳光打在我的心上

那道光点亮

我的眼睛

踩着三轮车的老者

露出久违的微笑

车上的废旧物品

又是新春的依靠

我走到黄灿灿的树丛

浓香醺醉我的灵魂

那是梅花迎接春的

来到

南山也显得轻盈

脱落冬的桎梏

2010.01

短歌行

——为浙江工商大学百年校庆而作

百年学府

屹立东方

历尽坎坷

依然成长

运河源远

碧湖流长

金沙港静

西溪水漾

钱江潮涌

东海日壮

下沙书香

五洲名扬

杭商纯朴

浙商气昂

传道授业

唯我师长

学以致用

青春闪光

工善其事

利器无双

商以载道

诚信为上

前程漫漫

风光无限

师生携手

共创辉煌

2010.10

咏屈原

洁净是其心，

哪容丑恶侵。

我爱屈夫子，

求索不休停。

文采耀后世，

真诚动天地。

而今世道杂，

满腔离骚辞。

呼唤大诗人，

鞭挞有名篇。

2010.06

断　想

心在哪里，哪里就有风景

志在哪里，哪里就有成功

爱在哪里，哪里就有感动

梦在哪里，哪里就有未来

2010.12

冬夜散步

我从惜别白公处起步

穿过星巴克

没有嗅到咖啡的香

在湖畔居前小憩

仿佛又闻着茶的醇

那是龙井的历史散发酩酊

我又来到喷泉

是水的涌动喷射火的形状

在三九的寒冷中

恋人们在拥抱

互取青春的温度

在古老省府地图前

我触摸遥远的沧桑

行吟歌手唱出热情的歌谣

却没有什么人喝彩

湖水在灯光下生发黝黑的光

路灯昏黄

有甜蜜的梦流淌

走过湖畔

热从足底升起

2011. 01. 13

凤凰山之行

曾经的辉煌变成残垣破瓦
见不到妃嫔摇曳身姿
桃花稀少
菜花簇拥着衰老的小道
在料峭的风中尽展青黄的色调
吐着遥远的秘密
石板记下多少嬉戏
云彩没有留下一丝血雨
新绿笼罩的栖云禅寺
一僧一俗门前晒着被子
偶尔闲聊说起旧闻

坟茔遍布山坡
小径布满冤魂
祭品花圈又刚刚陈列

叹息在崎岖中延伸

紫色花风中叙述往事

先用汗水浸泡

经幢历经七百多年

风雨侵蚀岿然不倒

见证了王朝的更替

浮华的明灭

2011.01

落叶中起舞

我在彷徨

面对萧条的境地

无边的落叶

向我涌来

跳动的精灵

亲吻大地

不是回报

而是反哺

打开我的胸膛吧

让春风吹进来

冬天郁积的愁烦

也该融化

2011.02

又到馒头山

又到了馒头山

往事注入心间

春风吹绿了树木

阳光照着青青的坟茔

古寺的游人哪里去了

山径野花还是如此香甜

多少青春往事

都随白云飘逝

那斑驳的门窗

可否记得我青葱的模样

2011.04

一窗灿烂

我常转头看窗外

总有灿烂把我吸引

玉兰洁白笑着

我心头又是晴天

当我忧郁时

光亮使我开朗

惊诧于一树阳光

一身妖娆

不因气候环境而不美丽

多看窗外

人生值得珍惜

2012.03

废墟上的桃花树

这鲜红开在废墟上

如此夺目

好像就在溪水边呼吸

流动的风扰乱她的发辫

她依然纺织春天的期盼

尽管与肮脏为伴

开出花朵依旧灿烂

我常常也在废墟上行走

总是埋怨生命的不顺

桃花的鲜艳

不因环境的恶劣

而不显示独立的妖娆

2012.04

有　感

我为了自由

不断地套上枷锁

在我伤口化脓之处

生长着思想的疖子

我想尽快走出奴役

然而我将自己囚禁了

我渴望阳光的温暖

太阳却让我中暑

我走上了不归路

但我并不绝望

因为我用心爱着这世界

尽管伤痕累累

口里仍唱着甜蜜的歌

2012.07.14

人生经历

仰望星空

星星对我眨眼

对我微笑

我感到温暖

脚踏实地

大地对我瞪眼

对我冷笑

我感到寒冷苦痛

正因为历经寒苦

我才深深体会温暖

2012.11

找　　寻

茫茫人群
滚滚红尘
为了找寻一双明亮的眼睛
我走遍天涯海角
我用我老花的眼睛
扫量世界
污染的天空
不见白云飘过
不见鸟儿掠过
也不见星星闪过

我只能看看
人群中混浊的眼神
贪婪的双眸
迟疑的目光

茫然的视线

总在包围我

使我不能观察

呼吸

我不知道人是被环境

还是被自己

破坏

2013.04

娘娘山行

是谁将五彩的叶子洒在山道?

是谁将五彩的云朵点缀山峦?

我走在五彩的梦境呵,

山似花朵层层开放,

溪如白练缓缓飘扬;

竹林吐露青翠的向往,

显示生长的力量;

松针吟哦执着的乐曲,

挥舞清新的诗行。

娘娘山,

成熟村姑的丰韵,

香甜而沉静。

我也想用画笔涂抹天空,

绘成梦幻的童话,

显出爱的流畅。

风打断了我的梦幻，

溪水又催我前行，

在崎岖而绵长的山道上。

2013.04

经　过

我经过一座座山峰
新绿万千向我招手
那是坚定的承诺
让我心中有了寄托
我经过一片片村庄
老屋错落向我微笑
那是温暖的家园
使我人生有了依靠
我经过一个个路人
行人频频向我点头
那是陌生的问候
使我胸中有了甜蜜

2013.06

谈幸福

幸福是一句叮咛
那似春雨的淅沥
浇灭胸口的愁苦
幸福是一个眼神
那似秋阳的照耀
拂去眼前的乌云
幸福是一段思念
那似冬日的火炉
融入心头的温馨

2013.07

沙坡头

我穿过千年的风沙，
来到沙坡头，
这是沙的尽头吗？
漫天黄沙似平静的海洋，
涌动金色的浪，
骆驼在海上行走，
晃着缓和的节奏。

我也不知道这是不是奇迹，
人类阻住沙的蔓延，
用细小的植被
与沙亲吻融合，
一条长龙串起希望的生命线。
远处的一抹绿色，
是我理想的寄托。

在沙坡头，

我看到了尽头，

风沙没有遮住我的双眼。

2013.07

沙　湖

是沙漠中的一滴泪珠，
荡起碧绿的歌，
湿润了我干渴的灵魂。
如同一颗明珠，
在黄金的包围中，
发出翡翠的光芒。
我听着野鸟的飞翔，
嗅着莲花的开放，
仿佛置身于江南水乡。
一湖碧水承载多少梦幻。
芦苇是睫毛，
撩动我的心，
将我投入这湖中，
倾听鱼的呓语，
再也不愿出头。

2013.07

西夏王陵

残垣还在呻吟

一个个土丘竞相衰败

这是王陵吗

我想象不出它们的辉煌

佛塔的铃声

终究阻挡不了

马蹄声声

文明有时会被

野蛮征服

七百多年了

不屈的气势依然屹立

告诉人们

从内部瓦解

堡垒也成了阻碍

2013.07

青 海 湖

云朵白得纯洁

油菜花黄得纯洁

湖水美得纯洁

风吹得也纯洁

我真不会用什么形容词

来描绘这海样的湖

壮观又那样秀美

辽阔又如此精致

湛蓝的水波撞击

我的心田

使我停止呼吸

我愿变成小鱼

吃着高原上空的云彩

以及原始波浪生出的花朵

2013.07

黑夜的尽头

我在山间行走

没有星光

没有月色

只有风打树梢

发出哗哗声响

路途坎坷

摔倒又起

黑影重重

我陷入无尽的惊慌

长路漫漫

长夜漫漫

该如何向前

一个身影伴随我

说不要害怕

再长的路也有尽头

再黑的夜也有尽头

当你抬起头

你就会发现上帝

披着霞光向你微笑

2015.06

辑三　生命的火种

在严寒的逼迫下

你孕育着生命的火种

一旦绽放

就吐着圣洁的色彩

神奇的九寨沟

有人说是童话世界
我来到这里
触摸奔腾的水花
以及悠然的云彩
也把自己净化
我嗅着山的雄浑
以及水的缠绵
在天地之间
我愿是一滴水
投入珍珠滩
闪烁晶莹的光泽
我愿是一丝波
融进五花海
演绎多彩的梦幻

我是一束激流

汇入诺日朗瀑布

唱着不竭的歌

叫喊生命的雄风

体验生命的价值

2009.07

初春的早晨

湖畔看见柳枝的绿芽
我的心鼓满春的喜悦
风吹在脸上清凉
而春天已经上路
经历冬的蹂躏
以及严寒的侵犯
树依然有春的憧憬
在冷风中放光
春天已经站立
我的冬眠也该结束

2010.03

看见鸟飞翔

我看见一群鸟

在细雨中飞翔

绿色的山峦

和汹涌的云彩

是她们的舞台

无惧暴雨的来临

一会儿变成花的芬芳

一会儿又织成云的形状

潇洒追逐

天地的快乐

2010.09

登西天目山

风光无限，

秋色无边。

忘掉世俗，

回归自然。

登高心旷，

怡然自得。

行而忘远，

险又何惧。

融入山林，

林叟可期。

2011.11.19

眼前一亮

我眼前一亮
又看见了你
柔波打在我的心里
烟雨笼罩西子湖
残荷仍在听雨声
远山倒影
波心荡漾
冬天的湖水碧波
近山雪色笼罩
湖水闪着金光
寒冷的冬日遁去了

2011.02

湖　面

灰蒙蒙的湖面

湖水静静地流着

春天快到了

湖畔杨柳就要吐绿了

水光潋滟

碎金的波浪泛起

画在流动

淡雾轻抹

织成美的面纱

春天到了

2011.03

白 玉 兰

你是一柱火炬
闪烁着玉的光辉
春的渴望是你点燃
爱的热情是你滋润
在严寒的逼迫下
你孕育着生命的火种
一旦绽放
就吐着圣洁的色彩
风吹不走你的纯洁
我爱你啊
晶莹的火焰
燃烧的玉
向着太阳盛开

你是一串音符

散发着兰的芳菲

春的歌声是你弹奏

爱的心弦是你拨动

在肃杀的包围中

你积累生命的能量

只要开放

就涌现傲人的馨香

雨打不掉你的坚贞

我爱你啊

洁白的乐曲

摇曳的兰

向着天空歌唱

2011.03

竹林沉思

在翠绿的气息下，
我独自徘徊。
触摸生命的律动，
呼吸流动的精灵。

在这寂静的世界，
翠竹变成枪，变成矛，
向着天空致敬，
向着天空生长。

2011.04

杜鹃红了

是春风吹红了你吗
我的杜鹃花
我看见你开遍春天的山峦
在春风中摇曳
展示生命的色彩
笑开了风的自由
映红飘浮的白云
也映红了林中的鸟鸣
婉转而激昂

是春光烤红了你吗
我的杜鹃花
我看见你点燃春天的山林
在春光下追寻
突显独立的意志

吐出了火的热烈

映红探求的眼神

也映红了山间的小径

崎岖而绵延

是你引来春风

是你唤来春光

我的杜鹃花

我的映山红

2011.04.06

午潮山花径

是谁将鲜花挥舞在山脊
抖动出灿烂的飘带
是谁将芳菲洒落在山冈
涌动着彩云的花浪
在这翠绿的群山中
多彩模糊了我的双眼
在这崎岖的山道上
妩媚拖累了我的双脚

紫的那样透亮
春风中闪烁迷人的光芒
红的如此鲜艳
春光里映红我的眼睛
黄的白的清新
在春山深处私语

这是花的河流

浪花没有打湿我的衣裳

却总是撞击我的腰身

坎坷　荆棘

阻挡不了

色彩的喧哗

香气的弥漫

野花杂乱生长

走在鲜花绵延的小径

觉得世界真的很小

而花朵很大

2011.04.25

石　阶

你像琴键
春风中弹奏
鲜花的开放
你像琴弦
春光里拉动
五彩的纷飞
你就是天梯
引导攀登
向着如意的山尖

踩着
坚硬的乐谱
足音唤来鸟鸣
石板上印下
跋涉者的坚持

我是用心

敲打你啊

我是用爱

抚摸你啊

在茫茫的山野

我是一个音符

在你的怀抱里

在天和地之间

起舞

穿行

2011.05.08

初夏的夜

初夏的夜

总是有点感伤

时光的犁

划破我的记忆

不管风云如何变幻

你如何变老

在我的心中

你依然

美丽

2011.06

冬天的湖

我看见冬天的湖
在细雨中泛起微澜
枯败的枝叶还在挣扎
新的萌动已展现
生命又要旺盛
在这严寒时节
生命的活水又要喧哗

冬天的湖
不拒绝春水的泛滥
我站在湖边
触摸冬天的杨柳
枯叶还有一丝绿

蓓蕾已放星光

寒星在雨中闪烁

在严冬中出走

不惧怕冷酷的风

冬天的湖

有春的波澜

2012.01

雪中登山

从径山向上攀登

雪为我披上圣洁的光彩

竹林抖动春天的节奏

将远山弹出白的衣裳

山道弯弯

亲近我的脚步

绵延的群山

刻下我的热情

飞舞的白雪

增添了我的动力

2012.02

天　堂

美妙的天籁吸引

我找到了洁净的天堂

而魔鬼的引诱

又使我进入地狱

我常常在两者徘徊

是喜欢天堂的安静

还是偏爱地狱的热闹

2012.02

细雨中登山

冬天斑斓的树唱起

昂扬的歌

即使枯萎

也展现夺目的色彩

路途的湿滑

更加坚定攀登的步伐

竹林还在吐着青意

并不理会

阴冷的侵袭

更多的风光

在脚下延伸

春天从雨中走来

2012.03

一树金黄

这一树金黄

刺痛我的双眼

我脆弱的心脏

能承受那风雨的摧残

我知道那青涩的记忆

已长成成熟的果实

幼稚的小苗也会昭示

金色的花朵

美丽的向往

我不朽的期盼最终

化成不老的传说

我也会在传说中永生

我也不渴求什么

只要能看一眼你的丰硕

那沉甸的寄托

引导我不停生长

2012.09.29

红　枫

是生命的成长

大地为你涂上热血

从心里发出

展现你沸腾的能量

不顾严寒的摧残

也不顾枯黄的紧逼

鲜红的诺言流淌在天地之间

也将不屈的意志

定格在一片萧瑟之中

2012.11

深秋的西湖早晨

一眼而见

波光深沉

打在我的心上

波影在云中弥漫

深秋的西湖早晨

风暖浪静

远山柔和

树木唱着多彩的歌

波光印在我的心上

清晨车过西湖

有人打太极拳

缓缓如同湖水

刚打开窗子呼吸清新空气

一人骑自行车过

嘴里叼着烟

烟气飘入我的鼻中

2012.11

竹林雨后

雨后，

竹林，

点缀鸟的欢鸣。

青翠，

欲滴，

滋润我的心灵。

山道牵引我的脚步，

潮湿的空气，

清香弥漫；

天空，

多彩的阳光，

织成乐章。

一切都在，

生长。

2013.04

红　叶

春天的溪水里

流淌着秋天的红叶

是留恋秋天的静美

还是迷恋春天的喧哗

2013.11

心情写照

心情
曾被阴雨淋湿过
曾被烈日晒烫过
曾为黎明欢呼过
曾为失落沮丧过

就是这心情
不因淋湿而不喜爱
细雨中的漫步
不因晒烫而不迷恋
阳光的抚摸
不因欢呼黎明而漠视
黄昏的壮美

不因沮丧失落而逃避

艰难中的追求

心情啊心情

1995年8月初稿
2015年12月修定

给　你

你说你要一束阳光
温暖我寂寞的心房
我给你一个春天
灿烂的春光
时时打在你疲惫的脸上

你说你要一座山冈
遥望我长路的奔忙
我给你一条山脉
起伏的群山
绵绵寄托我不尽的思量

你说你要一朵浪花
洗去我跋涉的风霜
我给你一眼清泉

叮咚的泉水

源源滋润你美丽的渴望

你说你要一方净土

成就我多日的梦想

我给你一个世界

缤纷的日子

重重伸向我闪亮的远方

2000 年 12 月初稿

2015 年 12 月修定

神 龙 川

这不顾一切的阻拦的奔流
和着静默的山峦
涌起欢乐的波澜
向前啊向前
杜绝一切彷徨

我来自高山之巅
涓涓细流织成我的歌唱
我静静地积蓄能量
多少曲折　多少坎坷
凝成我汹涌的气势

我要向前冲啊
我要回到大海的怀抱
即使化作泡沫

也会印在这群山的脸庞

我等待了多少年

才奏响这辉煌的乐章

我与石块碰撞的交响啊

是我的心花怒放

无私无畏

幼年时

我婉转低吟寻找出路

石缝中渗出的水珠

是我不羁的音符

我聚合我的兄弟姐妹

汇成与青山对话的分量

有时我也静静地流逝

没有涛声浪花

并非是我的沉默

我是在孕育新的放浪

2005年7月初稿

2015年12月修定

竹林行吟

青翠的气息　弥漫在　雨后的竹林
沙沙的竹叶上　透过露珠的晶莹
行走在这里　忘记闹市的风尘
叮咚的山涧　敲打我　沉睡的心灵

不尽的竹林　飘着　跳动的音符
亭亭玉立　又变幻　迷人的组合
偶尔几声鸟鸣　清越地　点缀山坡
浸身于此　是看竹子　还是我自己

弯弯的小道　总是将我　引入远方
融入林中　尽情　嗅着山野的芬芳
路途坎坷　我就扶着　青青的竹节
总有　生长的力量　触动我的心房

2006年3月初稿

2015年12月修定

辑四　时节的召唤

墨绿深绿青绿新绿

在天地之间弹奏着

绿色的交响

我的心也加快跳动

为大自然的旺盛活力

为造物主的神奇创造

一

不要折断冬天的枯枝

因为她正孕育春天的萌芽

二

不要埋怨漫天的雪花

因为她纯洁了你的视野

净化了你的心灵

三

雪落在绿色的枝叶上

为了增添树的养分

衬托枝叶的美丽

还是自己有个

安身的位置

四

狗的狂吠也阻挡不了雪花的飞舞

因为她深爱大地的怀抱

五

漫天大雪中

山顶似乎消失了

只要阳光一照

他又会显露雄姿

在天地之间

六

摇落树枝上的积雪

树又挺立起来

在雪的笑声中

在寒冷的风中

七

尽管寒风吹打我的面颊

我的眼中还是一片生机

那在严寒中生长的渴望

伴随雪花飞舞

八

逃避寒冷躲进温室里

只能得到一时舒适

难道永远不亲近自然吗

冬天的严寒

才孕育春天

九

雪天里鸟在窗口叽叽喳喳

催醒了我的晨梦

请问小鸟

是雪停了

还是春天来了

一〇

美妙的天使歌声

吸引我

来到天堂

而魔鬼的利诱

又使我

回到人间

一一

雪洒遍了湖畔的

土地　建筑　树木

而湖水依然唱着

碧绿的歌

那样欢快

一二

烟雨笼罩的西子湖呵
残荷静静听着雨声
山的倒影
以及云的闹腾
我凝神看着
残荷的表演

一三

熟悉的旋律

撞开了我的心房

三十年的岁月瞬间消失

满眼青春

一腔冲动

一四

一条路消失了

我就努力前行

回首

另一条路

又诞生了

一五

到了幸福门口

问幸福在哪里

路人答

在前面

行人匆匆前行

红灯亮了

一六

明天早晨

不管太阳是否升起

我都满怀希望

等待

因为我深爱明天

一七

如果不知道苦难

而快乐生活

那时无忧无虑的快乐

是纯洁的快乐啊

一八

总想走向

春花灿烂的天地

然而迎接我的

总是风雨交加

透过风雨

我嗅到了花香

触到了春天

一九

生活有时就像天上的月亮

圆满的时候总是少得可怜

二〇

耀眼的星星总是让人羡慕

小草几乎很少引人注目

正是小草支撑你走的道路

星星却常常消失踪影

二一

久违的阳光

打破了冬天的湿冷

也温暖了我阴沉的心

告诉你抓紧贮存太阳

严寒的日子还很漫长

二二

有时总认为自己走的是捷径

然而往往费更多精力才实现目标

二三

有人用手写不好福字

但脸上洋溢着幸福

即使脸上没有笑容

心里可能有更多幸福

二四

许多人总是从自我出发

反而实现不了自我

二五

温柔沉静的外表下

有沸腾的灵魂

一旦舞动起来

如同火在燃烧

二六

我偏爱躺在
松软的泥土上
富有弹性和温度
仿佛靠在
母亲的怀里

二七

红果在枯黄的包围中

越发鲜艳

只有在严寒中

才显出沉稳的夺目

二八

我终于知道了

竹叶为何翠绿

因为她生长在

虚心的枝干上

即使严冬

不改本质

二九

你的热情

化解了冬日的寒冷

我也青春燃烧浑身有力

你的白发

在你的鲜红的

面颊下渐渐变黑

三〇

深夜行走在湖边

嗅到芳香一阵

没有花开哪有香气

微弱灯光下我沿花香寻去

一朵铜钱大的黄色梅花

在寒冷中开放了

三一

深夜我嗅到

阵阵梅花香

直入我的灵魂

夜晚也灿烂起来

三二

寒冬给了我冷静的双眼

我用来观察浮躁的世界

三三

听着窗外的鸟儿婉转

我才知道三九严寒

有美妙的音乐

也有温暖的抚慰

三四

艰难作饼

困苦作水

行的是正道

快乐就充满心间

三五

关心他人

分享苦难

会得到更多喜乐

就如同鸟在树丛中

吃了小虫

树才会生长

三六

当我们过分索取时

好像得到很多

然而最终连基本的

都没有了

三七

当我掬起一捧
清凉的涧水时
我就听不见
近处喧嚣的噪声
以及人世的争执

三八

用清凉的涧水

浇洗脸颊

总有一股温暖

流入心胸

三九

透过薄雾我仰望夜空

有几颗星星发出柔和的光

在严寒的日子里

给我带来灿烂的希望

四〇

夜晚的城市马路

汽车流着鲜红的血

吞没了行人的脚步

也浇灭了田园的美丽

四一

雨后的夜晚
我看见梅在吐香
那黄色的花开放
晶莹的雨水
是她激动的泪珠

四二

在众多污浊的空气中

突然有一股馨香

传入我的鼻中

那是蜡梅的香气

穿过黑暗沁我心脾

四三

我写了许多的福字

有楷书有行书有草书还有隶书

哦

原来幸福是多种多样的

四四

当我头脑昏沉时

才知道清醒是多么珍贵

然而在清醒时

我常常做昏沉的事

四五

你在车站向西张望

熟悉的身影为何还不出现

兄弟呵

寒风中伫立如此久

你的手还如此温暖

四六

时光的河流

总会在你乌黑的头发上泛起

白色的浪花

那是智慧的流露呵

你的心还那样童真

四七

上弦月勾起我的乡情

而一阵寒风

又让我加快脚步

为生存而低头奔波

四八

冬日的阳光

照在楼顶一丛竹林上

竹叶反射的光

形成一朵绿云

要向天空飞升

四九

沿着山路缓缓而行
翠竹为我打起节拍
山峦也诱我攀登
小鸟唱着歌
在冬日的夕阳下
是欢迎我的伴奏

五〇

夜半我仰望天空

夜幕中有一颗星

格外明亮

向我哭泣

五一

在坎坷的道上行走

常常希望路少点波折

而今我踏上又平又阔的大道

却感到一阵阵失望

五二

桥上晒着被

整个桥栏被五彩淹没

原来这是渴望阳光的人

想让阳光照进阴暗的房屋

五三

夜空　上弦月对星星说

我现在缺一个椭圆

你投入我的怀抱

我就圆了

星星笑了

我一靠近

你就会化为灰烬

五四

湖面上空朦胧

湖水静静流淌

这是冬天的西湖之晨

或许静候阳光的照耀

还是春风的吹拂

湖水才开始喧哗

五五

我注视这一树蜡梅

黄黄地挂在枝头

静静地吐着清香

也不管周遭的枯枝败叶

五六

听着欢快的乐曲

并不觉得冬天寒冷

心中有热烈的旋律

回响

脚步也有

青春的力量

五七

初见时你满头青丝

而今你顶上一片荒原

岁月磨掉你的毛发

可火热的心依旧

脸上有青春的笑

五八

年龄有时就是符号

只要心中有热情

即使年过九旬

还是散发活力

五九

我嗅到远方

浓郁的花香

好似进入百花园

然而我走近

却不见一朵鲜花

六〇

一阵芬芳打动了我

我就寻找香的来源

不远处有不少花朵盛开

黄灿灿的可爱逗人

走近却没有香气

迷惑

穿过繁花

又嗅到袭人之馨了

那是低矮的

枯枝上的梅花

六一

为了寻找生命的湖

我跋涉去了远方

我登上高山张望

雾霾重重　树木森森

哪里有生命的湖呢

我又极力攀登眺望

更远处有湖水闪亮

在层层灰尘的包围中

六二

孤独地踽踽而行

坎坷的下山道

没有风　没有阳光

我极力叫喊

树不动　枝不动　叶也不动

只有思绪在飞

六三

听着熟悉的旋律

热血重新流动在

僵硬的血管中

命运总是捉弄我

年轻时渴望年老

而现在又忆起

往昔的时光

六四

夕阳依依在西山上空

金色的霞光装点群山

在冬天的傍晚

树木又唱起春天的歌

六五

早晨漫步

看见两棵树

一棵阳光热烈地照耀

一棵一丝光也未投射到

都是开着黄花的蜡梅树

沐浴太阳的花朵已经萎缩

而没有光照的

却开得正欢

六六

沿着山道行走

绿色的风吹进我的肺腑

挟着泥土的阳光

打入我的心房

在冬日我感受盎然春意

六七

冬天的午后没有风雨
也没有阳光
丛林传来小鸟喧闹声
融化了
我沉郁的心

六八

在皎洁的月光下

我站在蜡梅树边

梅花吐着沁人的香

我张开大口

连月光也一起吞入胸中

六九

我看见一树蜡梅

被风雨打得支离破碎

然而她那残缺的身躯

依然吐着

袭人的香气

七〇

远处红的绿的

织成了美的图画

我走近那些树木

枯枝谱写的旋律

在我眼里流动

七一

在山顶张开大口

不是呼叫而是吸气

那清新的空气如此甜美

我担心会把整个山峰

也吞下

七二

我沿着河岸漫步

冬天的细雨打在脸上

岸边簇拥的鲜花

向我微笑

我不知道这些花的名字

我只感觉温暖

七三

山在雨中

雨在山中

山在起舞

雨在歌唱

相互欣赏

相互成就

七四

冬日翠竹深处

传来鸟的合唱

好像竹林在跳舞

细雨也来伴奏

七五

河岸的红梅开了

如朵朵红云点缀在天空

但我许久未看到天的蓝

也担心梅来年还会红吗

七六

这一树红梅开在冬天

有的盛放有的含苞

含苞的是等待春天

还是送走冬天

七七

绿苞镶在枝条上

是等待春风吹开

还是笑脸迎接春天

七八

有的人去世了

他的歌声还在

那他就活在我的心里

歌声里有他的目光

七九

小鸟在竹林中

歌唱还是争吵

我只感到竹叶在伴奏

山也青翠起来了

我知道春天终于到了

八〇

满天的黄花在空中舞动

如夜空的星星耀亮我的心

又似云彩在阳光下翻涌

我感到热流在胸中升腾

八一

我叩访梅花在雪天的夜里

我深一脚浅一脚走近湖岸

梅树依然屹立如平常一样

而梅花依然散着淡淡的香

是梅花融化了雪花

还是雪花融进了梅花

八二

冬青的叶子镶上了雪

变成了一朵朵雪花

青色的底

衬托花的纯洁

八三

雪花落在梅花上

我不知叫她们什么花

黄中透白

白中露黄

大自然美妙的组合

洁白的香气让我沉醉

八四

前山隐去了

在漫天的大雪中

而雪渐渐小了

前山又在眼前显现

她叫雪山

八五

往事常常飘入脑海

熟悉的小径

刻下艰难的奔走

路边的小树也已长大

心一时沉浸在艰难的日子

阳光驱散我的阴郁

过去的一切是多么可爱

八六

来吧　脱去冬装

让绿芽闪出绿衣

让柳树晃动着腰

拥抱枯寂

八七

山涧流水叮叮咚咚

弹拨着我的心田

我掬起一捧放入口中

一股清凉滋润我的心灵

八八

红梅开了

白梅开了

寒风吹在脸上

心也暖洋洋

脸也像

梅花笑天

八九

阳光拂着杨柳

绿芽闪烁星的光泽

那撩拨人心的绿潮就要涌动

我盼望亲吻寒风中的枝条

九〇

竹林深处小鸟叫得真欢

幽静的山林热闹起来

沉寂多日的山峦苏醒了

这小鸟把春天叫来了

九一

山涧里一汪清水

总是吸引我走近

我总要掬起一捧水

洗净被尘世扭曲的嘴脸

心里默默祈祷

不要污染山涧清水

九二

河畔的梅花竞相开放

如同天上的云霞弥漫

红梅绿梅白梅黄梅

一起向春天报到

还有那杨柳也吐出绿芽

是花是叶　只想与梅凑热闹

九三

我看见一亭在美女峰上

要张开翅膀飞向天空

白雪覆盖她的翅膀

而群山是她的天空

绿色的波涛时起时伏

九四

春天的小雨带着寒意

山道边的竹林却格外热闹

不是春雨敲打竹叶的清脆

而是林中的鸟鸣尤其嘹亮

九五

下午我看见几树梅花灿烂如霞

那香气袭入我的灵魂

在和风中告诉我春天的消息

夜晚我听到烟花的喧嚣

短暂而美丽的定格

能把喜庆传扬吗

我只嗅到一股股硫黄味

九六

元宵不见明媚的月亮

只能伫立等待烟花的笑语

夜空喷发一串串灿烂

我又听到花的呼吸了

硫黄包围着我

使我不能呼吸

九七

一只麻雀飞落

在我的窗台

默默地看我写字

当我注视她时

她欢叫几声振动翅膀

飞走了

那是春天的早晨

初春的朝阳照在窗口

我的心霎时愉悦起来

九八

这晶莹的火焰
又烤焦了我的灵魂
这洁白的怒放
浇灭了我的卑微
玉般的纯净
兰样的幽香
在春光下
白玉兰如此典雅

九九

在浅绿的草地上

有鲜花织成的花环

那是心的图案

飘着爱的芳香

我听到心的跳动

我看到爱的向往

一〇〇

我走在绿色的山径
有翠绿的竹林
嫩绿的树林
我也听见鸟的欢叫
饱含初春的绿意
然而山径两边
却不见一朵鲜花
我就不停向前走
转了许多弯
在我步履蹒跚时
有朵花向我微笑
尽管正在衰落

一〇一

那小的黄花竞相吐艳

沿着河岸一字铺开

汇成了花的河流

而少许绿叶跳动着

是绿色的浪花盛开

在那金黄的河面上

一〇二

你将天空涂抹成晶莹

你将春风刻画成洁白

你将火焰定格成美玉

你将盛开凝聚成优雅

呵　白玉兰

你的圣洁

照耀我丑恶的灵魂

一〇三

在山径匆匆行走的人

戴着耳机像是陶醉

其实这些人是愚拙的

他们听不见小鸟的歌唱

听不见春风的呓语

更听不见春花的开放

一〇四

在废墟上

有几畦菜地　有几处闲地

油菜花一簇簇盛开着

金黄鲜艳　呼应春风

春光下散发着清香

这是一处安放心灵的场所呵

而近处的高楼大厦

却没有一丝生机

一〇五

去年我曾摘下你的果实

青涩但有清香回味

今年我又来到你的身边

你用粉红的笑脸迎接我

用一树灿烂与我对话

溪水打着节拍

山风吹动你的妩媚

呵,溪边的桃树

山径旁的桃树

你可知我的心声

一〇六

山谷的杜鹃花仍做着

香甜的梦

料峭的春风中积蓄着能量

含苞的姿态在等待春光的指令

一旦开放就会笑红整座山脉

一〇七

桃花在春风中吐艳

尽情地展现美丽

即使有寒冷侵袭

一簇簇　一朵朵

织成耀眼的欢乐

一〇八

这个小湖总是被花包围

从严冬到暖春

梅花的香气未散

白玉兰就含笑盛开

在樱花的夺目中

我嗅到粉红少女的体温

春光中妖冶红桃

使尽力气向我微笑

一〇九

这一湖春水盛下多少倒影

山的挺拔　树的婆娑

花的艳丽　桥的静卧

还有人的形象

有笑有愁

有爱有恨

有匆匆而过

有长久站立

湖水还是泛起欢快的波

一一〇

桃树顽强承受人们目光的重量

在这春寒料峭的二月

桃红温暖了人的笑容

以及对春天的赞赏

一一二

一只蜜蜂在窗台花盆中停留

蒲公英热情地招待她

她却飞到我的书桌前

盘旋在我正看的苏词上

又在窗口唱了一段歌

飞到春天里了

一一二

春光照在我的窗前

我想握着她的温暖

心中也涌出无限热意

阳光、花朵一起向我微笑

一一三

桃花在水中欢笑

不在枝头还是如此娇艳

红了半个湖面

织成美的图案

总不甘沉没

让波浪抚摸

一一四

玉兰开在山冈

吸引鸟的叽喳

风也吹不走她的沉着

而滋润她的晶莹

她默默地与青山对话

一一五

我惊叹绿色的狂欢
在阳春三月的山峦
层层铺开的画轴
如绿色的波浪推进
墨绿深绿青绿新绿
在天地之间弹奏着
绿色的交响
我的心也加快跳动
为大自然的旺盛活力
为造物主的神奇创造

一一六

为何这枯叶铺陈的山径上

总是点缀洁白的鲜花

这春天的使者

即使在离开枝头的日子

也保持从容而灿烂的姿态

使我小心迈过

而不忍踩踏她

一一七

我是踏着鸟声

我是踩着花香

行走在崎岖的山径

只有竹叶的沙沙

只有山花的顾盼

只有那多层的绿

还有那　山顶的诱惑

引导我攀登

一一八

湿润的空气弥漫竹林的清新
延伸的小径点缀白色的花朵
小鸟在歌唱春天
我拖着沉重的脚步追赶春天
山坡上的映山红笑了

一一九

晚饭后书写条幅　就四个字

天道酬勤

写一张就可以了

然而写一张就发现

有一个字不好

我就不停地写

第七张方才顺眼

时间已过一个多小时

这真是天道酬勤

一二〇

早春你像婴孩

稚嫩而柔弱

紧贴着大地

暮春我来山间

却发现你已高耸入云

远远高过我

顶着蓝天

挺拔坚实

只有头部还是婴儿

一二一

在广袤的大地上行走

无边的绿色总是让人平静

但总有一丛丛的山杏突然出现

使人兴奋　使人欣喜

那是一抹抹亮色

我看到生命的火焰

在暮春放出光芒

一二二

透过璀璨的灯光

我睁大眼睛竭力向天仰望

有萤火虫在夜空闪烁

即使很微弱

但总不停息

我知道那是颗恒星

尽管遥远却与我亲近

一二三

在都市的夜晚

我已记不清星星的形状

多年未看见星光

而在这偏僻的山庄

有多颗萤火虫对我眨眼

那是遥远的恒星

告诉我她们没有消失

一二四

在溪水欢唱的岩石上

伫立着一棵桃树

她的花朵如此绚烂

如同溪流打在岩石上的浪花

一个吐香　一个放声

把早春的寂静打破

一二五

窗外的天空

一群鸟快乐盘旋

织成一个个图案

又迅速散开

消失在清晨的阳光下

而欢叫声还不时

传入我的耳中

一二六

风雨要来了

乌云遮住了天空

凉爽的风吹着我的脸庞

而雨总是没有滴下

或许被青春的激情

融化成凉风

一个劲地吹

一二七

溪水欢淌之处

簇拥着大片红叶

并不理会溪流

静静散发红晕

红叶呵

春意方浓

你却得到秋天

一二八

这一池湖水

群山环抱着她

碧波微荡

有白鹭不时掠过

山的挺拔投入她的怀中

变成柔美的图案

定格在我的眼中

而白云也来一瞥

整个湖面似花

默默吐着美丽

一二九

天欲晓时

我能看清南山的雄姿

而当阳光普照时

我却怎么也看不见南山

难道是我的视力突然消失

抑或大气真的被人类糟蹋

一三〇

我喜欢在竹林中穿行
我爱竹叶散发的清香
以及风吹的沙沙音律
我喜爱触摸青翠的竹节
虚心而有生长的欲望

一三一

初夏的雨淅淅沥沥

小鸟却在楼群间穿越

她们的叫声让我感受到

阳光的抚摸

阴郁的天空也亮了起来

一三二

初春你点燃春天的原野

没有绿叶相伴

初夏你耀亮我的视野

在绿叶簇拥下

你依然坚定吐着洁白

和玉的清辉

呵　白玉兰

一三三

在郁绿的树叶里

有不少白花顽强地探出头来

好像每一朵都面向我

放出晶莹的光亮

发出纯洁的微笑

我的心也雀跃起来

尽管天空灰蒙蒙的

一三四

初夏时节　竹林吐翠

在一片新绿丛中

有一块黄花耀目

那灿烂的色彩

驱散了初夏的单调

风吹得黄花不断摇曳

在阴沉的气氛里

如同阳光打进我的心房

一三五

山道拐弯处

我驻足

为花的海洋赞叹

如同天上的繁星点点

向着天空开放

波浪起伏

那是花海汹涌

在万重绿色包围中

花恣意形成流水乐章

一三六

一只黑色的蝴蝶飞舞

一会儿在翠绿的竹林

一会儿又在黄色的花丛

她振动翅膀为我

谱出美丽的乐章

一三七

青春的岁月已沉淀成一颗钻石

耀亮灰色的天空

再给平淡的日子一丝灿烂

后　记

一个初冬的下午，我路过杭州丰乐桥地下通道，刚进入就被凄凉的旋律吸引了。听出是《二泉映月》，我寻着声音走过去，只见一位盲人乐师在拉二胡，弓弦在他手指间翻来覆去，时长时短，忽急忽缓，将瞎子阿炳的悲惨境遇与对光明的渴望充分表现出来，使我久久伫立，不愿移动脚步。过了一会儿来了一位女士，让乐师拉一首喜乐的曲子。他想了一想，就运起弓边拉边唱："生命的河，喜乐的河，缓缓流过我的心窝，我要唱那一首歌，唱一首天上的歌……"乐师脸上的表情从悲苦转为快乐，我的心也愉悦起来。在这阴沉的冬天，好似阳光洒满整个地下通道。这位乐师与阿炳一样，渴望漫漫黑暗尽快过去，光明尽早降临。即使他看不见，心中也有光明。

这是我的第三本诗集，表现了我十年的心路历程，之所以取名《黑夜的尽头》，是因为我们在世上总有各种各样的不幸，有时会陷入漫长的黑夜，但我们怀着一颗喜乐感恩的心，就会走向黎明，获得幸福。黑夜并不可怕，可怕的是失去对生命的追求、对人间的关爱、对光明的期盼。感谢上帝给了我一双眼睛，我能尽情欣赏自然，观察社会，并加以思考，形成文字。诗集由四个部分组成，分别为“灿烂的瀑布”“千年的长叹”“生命的火种”和“时节的召唤”。我用整个身心描绘自然的神奇与美丽，思索历史的沧桑与坚韧，赞美生命的多彩与庄严，记录时空的变幻与美丽。主题是在黑夜中唱起黎明的歌，坚信黑暗总是暂时的，光明终会到来。写诗的过程也如黑色的夜晚一样，多在痛苦中思考，在思考中突破，也就是等待黎明的过程。我写的“时节的召唤”这一辑诗是一种新的尝试，从 2013 年 1 月三九严寒开始写生活的点滴及思考，至 2014 年盛夏时节，历经三季，就形成了这些短诗，也是知天命时对自然和人生的感悟，或许有的语词不工、构思不巧，但皆为真情写照。

随着年岁加增，我的眼睛开始老化，但我还是怀着热情欣赏这个美好的世界，就像前文中的乐师一样，心中有光明的种子，在黑夜里盼望黎明，歌唱黎明。

感谢家人的无私支持。感谢好友雷军兄的厚爱，写下了热情洋溢的序，使我愧不敢当，感谢浙江工商大学出版社社长鲍观明和编辑沈娴对本书出版的支持。尽管环境和生活中有许多不快，但我还是要努力前行。即使黑夜也吟唱黎明之歌。

作　者

2015 年 12 月